La vallée des dinosaures

L'auteur : Mary Pope Osborne a écrit plus de quarante livres pour la jeunesse, récompensés par de nombreux prix. Elle vit à New York avec son mari, Will, et Bailey, un petit terrier à poils longs. Tous trois aiment retrouver le calme de la nature, dans leur chalet en Pennsylvanie.

L'illustrateur : Philippe Masson, né à Rennes en 1965, est issu d'une famille de marins bretons. Actuellement, il vit à Tours avec son amie et ses deux enfants, Lucas et Mona. Il réalise également les dessins de la série Le château magique aux Éditions Bayard.

À Linda et Mallory, qui ont voyagé avec moi
dans la Cabane magique.

Titre original : *Dinosaurs Before Dark*
© Texte, 1992, Mary Pope Osborne.
Publié avec l'autorisation de Random House Children's Books,
un département de Random House, Inc., New York, New York, USA.
Tous droits réservés.
Reproduction même partielle interdite.
© 2009, Bayard Éditions
© 2005, Bayard Éditions Jeunesse
© 2002, Bayard Éditions Jeunesse pour la traduction française
et les illustrations.

Conception et réalisation de la maquette : Isabelle Southgate.
Colorisation de la couverture ; illustrations de l'arbre, de la cabane
et de l'échelle : Paul Siraudeau.

Loi n° 49 956 du 16 juillet 1949
sur les publications destinées à la jeunesse.
Dépôt légal : août 2005 – ISBN : 978 2 7470 1834 0
Imprimé en Allemagne par CPI – Clausen & Bosse

La Cabane Magique

La vallée des dinosaures

Mary Pope Osborne

Traduit et adapté de l'américain
par Marie-Hélène Delval

Illustré par Philippe Masson

DIX-NEUVIÈME ÉDITION

bayard jeunesse

Le mystère de la Cabane magique

Entre vite dans l'étrange cabane du bois de Belleville !

C'est une cabane magique avec des livres, beaucoup de livres...
Il suffit d'en ouvrir un, de prononcer un vœu et aussitôt te voilà propulsé dans les mondes d'autrefois.

N° 1, La vallée des dinosaures

N° 2, Le mystérieux chevalier

N° 3, Le secret de la pyramide

N° 4, Le trésor des pirates

Tu vas vivre des aventures

passionnantes !

Reste à découvrir

qui est le mystérieux propriétaire de la Cabane magique...

Dans chaque livre, tu trouveras un indice qui te mettra sur sa piste. Mais attention : lis bien les quatre livres dans l'ordre !
Petit conseil : va vite à la page 75 !

À toi de jouer ! Bon voyage !

Léa

Prénom : Léa

Âge : sept ans

Domicile : près du bois de Belleville

Caractère : espiègle et curieuse

Signes particuliers : ne manque jamais une occasion d'entraîner son frère Tom dans des aventures mouvementées, sans se soucier du danger.

Tom

Prénom : Tom

Âge : neuf ans

Domicile : près du bois de Belleville

Caractère : studieux et sérieux

Signes particuliers : aime beaucoup les livres, qui l'aident à se sortir de situations périlleuses.

Un soir, au fond des bois...

– Au secours, Tom ! crie Léa. J'ai vu un monstre, là !

– Mais oui, dit Tom. Des monstres, il y en a plein, dans le bois de Belleville !

Tom a l'habitude : sa petite sœur n'arrête pas de raconter des histoires. Elle a beaucoup trop d'imagination pour une fille de sept ans ! Lui, à neuf ans, il s'intéresse uniquement aux choses vraies.

– Cours, Tom, cours ! Le monstre va nous attraper !

Léa s'élance sur le sentier à toutes jambes,

comme si elle était poursuivie par une horrible créature, tandis que Tom continue de marcher tranquillement.

En levant le nez, il voit que le soleil descend derrière les arbres :

– Léa, reviens ! C'est l'heure de rentrer.

Mais Léa a disparu.

– Léa ?

Pas de réponse. Tom appelle plus fort :

– Léa ?

La voix de sa sœur lui parvient du fond d'un fourré :

– Tom ! Tom ! Viens voir !

Le garçon presse le pas en grommelant :

– Qu'est-ce qu'elle a encore inventé, celle-là ?

Il quitte le sentier et s'enfonce dans le bois. La belle lumière d'une fin d'après-midi fait briller les feuilles comme de l'or.

– Vite, Tom ! Viens voir !

Léa est debout au pied d'un chêne immense. Elle pointe le doigt et dit :

– Regarde !

Une échelle de corde ! Une longue échelle de corde pend le long du tronc depuis le sommet de l'arbre.

– Wouah ! s'exclame Tom.

Là-haut, tout là-haut, à demi cachée dans l'épais feuillage, il y a une cabane.

– C'est la plus haute cabane du monde ! murmure Léa.

– Qui a bien pu la construire ? demande Tom. Et comment ça se fait qu'on ne l'ait jamais vue ?

– Alors là, mystère ! Moi, en tout cas, je monte la visiter !

– Non, attends. Elle appartient sûrement à quelqu'un.

– Je jette juste un coup d'œil, dit Léa, déjà hissée sur les premiers barreaux.

– Léa ! Descends de là ! crie Tom. Mais, comme d'habitude, sa sœur n'écoute pas.

– Léa, soupire Tom, il va bientôt faire nuit. Il faut rentrer !

Léa est à la cime du chêne, elle se glisse dans la cabane.

– Léa !

Tom patiente un peu. Au moment où il va appeler de nouveau, la tête de la petite fille apparaît à la fenêtre de la cabane :

– Des livres !

– Quoi ?

– C'est plein de livres, ici !

Des livres ! Tom est un amoureux des livres. Il remonte ses lunettes sur son nez, attrape les deux cordes de l'échelle et commence à grimper.

Un livre sur les dinosaures

Tom émerge de la trappe ouverte dans le plancher de la cabane.

C'est vrai ! Des livres, il y en a partout : des très vieux, racornis et couverts de poussière, et des tout neufs, avec de belles couvertures brillantes.

– Qu'est-ce qu'on voit loin, d'ici ! dit Léa, penchée à la fenêtre.

Tom s'approche pour regarder à son tour. Au-dessous d'eux, les cimes des arbres moutonnent comme un lac vert. Au-delà, on aperçoit les toits de la petite ville, leur

école, la bibliothèque, le jardin public.
Léa s'exclame :
– Et là-bas, c'est chez nous !

Oui, c'est leur maison,
avec ses murs blancs et son
porche de bois, pas plus grande qu'un
jouet. Et Black, le chien des voisins qui

court sur la pelouse, a l'air tout riquiqui.

– Black ! Hou hou ! crie Léa.

– Chut ! fait Tom. Tais-toi ! Si quelqu'un nous entendait !

Le garçon s'accroupit pour regarder les livres.

– Je me demande à qui ils appartiennent, murmure-t-il. Tu as vu, il y a des marque-pages à l'intérieur.

– Moi, j'aime bien celui-ci ! déclare Léa en désignant un album dont la couverture représente un château fort.

– Et celui-là, c'est sur notre région, on dirait.

Tom ouvre le livre à l'endroit du signet.

– Hé ! C'est notre bois, sur cette photo ! Le bois de Belleville !

– Regarde celui-là, s'écrie Léa en tendant à son frère un ouvrage sur les dinosaures. Je suis sûre qu'il va te plaire !

Tom est depuis toujours

un passionné de ces animaux disparus.

Un ruban de soie bleue dépasse d'entre les pages. Tom pose son petit sac à dos et tend la main :

– Montre !

Puis il hésite :

– Non, attends. Ils ne sont pas à nous, ces livres. Je ne sais pas si on a le droit de...

Mais, tout en parlant, il s'empare du volume et l'ouvre à la page marquée par le ruban. Une image apparaît, celle d'un reptile volant comme il y en avait sur terre il y a très longtemps. Un ptéranodon.

Tom est fasciné. Il passe son doigt sur le dessin des grandes ailes, semblables à celles des chauves-souris, et soupire :

– Wouah ! Si j'avais la chance de voir une bête comme ça en vrai !

C'est alors qu'un brusque coup de vent agite les branches, les feuilles frémissent.

Tom lève le nez, étonné : il lui a semblé sentir la cabane bouger. Le vent souffle plus fort, il secoue le chêne en hurlant. Et la cabane, lentement, se met à tourner.

– Qu'est-ce qui se passe ? s'affole Tom.

– Viens, crie Léa en tirant son frère par la manche. Dépêche-toi ! On redescend !

Mais ils n'en ont pas le temps. La cabane tourne plus vite, encore plus vite, de plus en plus vite. Elle tourbillonne comme une toupie folle.

Pris de vertige, Tom ferme les yeux, il s'agrippe à sa sœur. La cabane va se décrocher, elle va s'envoler, elle va...

Et, soudain, tout s'arrête, tout se calme. La cabane ne bouge plus, le vent ne hurle plus. Tom ouvre les yeux.

La lumière du soleil couchant glisse à l'angle de la fenêtre. Léa est là, à côté de lui. Les livres aussi sont là, et son sac à dos, par terre.

La cabane est toujours en haut d'un chêne. Seulement... Seulement, on dirait que c'est un autre chêne.

3

Plongée
dans le passé

À cet instant, Léa pousse un cri strident en montrant la fenêtre :

– Aaaaah ! Un monstre ! Là !

– Arrête un peu avec tes histoires ! grogne son frère. Tu crois que c'est le moment ?

– C'est pas des histoires, Tom !

Le garçon lève les yeux. Mais... Oh non ! Ce n'est pas possible !

Une énorme créature plane au-dessus des arbres. Une bête avec une sorte de crête dure derrière la tête, un long bec pointu et deux larges ailes de chauve-souris ! Un ptéranodon ! Un vrai ! Vivant !

La bête amorce un virage. Elle vole droit vers la cabane, comme un gigantesque deltaplane.

Puis elle change de direction et monte très haut dans le ciel. Tom court à la fenêtre. Il se penche tellement pour suivre du regard l'animal volant qu'il manque de basculer dans le vide.

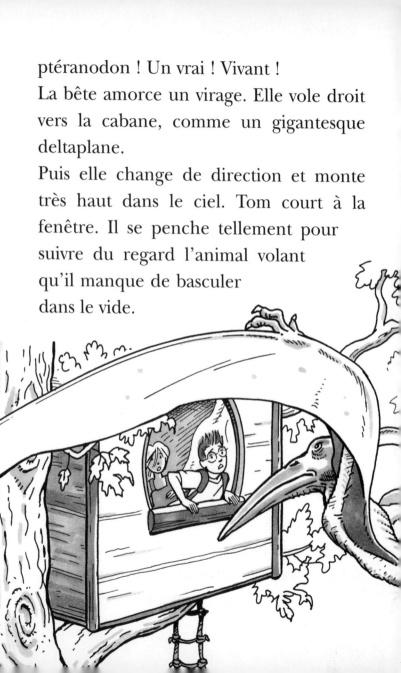

– Qu'est-ce qui se passe, ici ? murmure-t-il.
Tom reprend le livre, il regarde l'image, il
regarde dehors...

C'est le même paysage, exactement.

Dehors, le ptéranodon plane dans le ciel,
comme sur l'image. Le sol est couvert de
fougères et de hautes herbes ; une rivière
serpente au pied d'une colline ; des
volcans fument, au loin, comme sur
l'image.

– Ça alors..., balbutie Tom.

Le ptéranodon descend lentement
et vient se poser au pied du
chêne. Serrés l'un contre l'autre,
les deux enfants n'osent plus
faire un geste.

– Qu'est-ce qui nous arrive, Tom ?
demande Léa à voix basse.

– Je ne sais pas, souffle celui-ci. Je
n'y comprends rien. Je regardais
cette image, dans le livre, et...

– Et tu as dit : « Si j'avais la chance de voir une bête comme ça en vrai ! » Alors, il y a eu ce drôle de coup de vent, et...

– Et la maison s'est mise à tourner comme une toupie !

– Et on s'est retrouvés ici !

– Ça veut dire que...

– Ça veut dire... quoi ? balbutie Léa.

Tom secoue la tête, incrédule :

– Ça ne veut rien dire du tout ! C'est impossible. Ça ne peut pas être vrai !

Léa se penche de nouveau à la fenêtre et déclare :

– Seulement, lui, il est vrai. Il est même tout ce qu'il y a de plus vrai !

Tom regarde à son tour. Le ptéranodon semble monter la garde au pied du chêne, ses grandes ailes membraneuses largement ouvertes.

– Bonjour, toi ! lui lance Léa.

– Chut ! Pas la peine de nous faire remar-

quer ! On ne devrait pas être ici.

– Ah oui ? Mais... c'est où, ici ?

– Je ne sais pas.

– Hé, grosse bête ! crie Léa. Tu le sais, toi, où on est, ici ?

Le ptéranodon lève la tête.

– Si tu crois qu'il va te répondre ! grommelle Tom. Regardons plutôt ce que dit le livre.

Il reprend alors l'album et lit la légende inscrite sous l'image :

Ptéranodon : reptile volant de la période du Crétacé. Cette espèce a disparu il y a soixante-cinq millions d'années.

Tom reste abasourdi :

– Soixante-cinq millions d'années ! N'importe quoi ! On n'a tout de même pas remonté le temps comme ça !

– Il est trop mignon ! s'attendrit Léa.

– Qui ? Lui ?

– Mais oui, regarde comme il a l'air gentil ! Viens, on va le voir de plus près !

– Quoi ?

Léa s'est engagée dans la trappe, elle commence à descendre l'échelle de corde.

– T'es complètement folle ! crie Tom. Léa ! Remonte ici tout de suite !

Mais sa sœur est déjà en bas. Elle saute dans l'herbe et marche bravement vers la créature du fond des âges.

4

Une créature
du fond des âges

En voyant Léa tendre la main vers le monstre, Tom est pétrifié. À chaque fois que sa sœur voit un animal, il faut qu'elle aille le caresser. Mais là, vraiment, elle exagère !

– Léa ! crie Tom. Ne fais pas ça ! On ne doit jamais toucher une bête qu'on ne connaît pas ! Maman te l'a dit cent fois !

Léa pose son doigt sur la crête du ptéranodon. Elle lui tapote gentiment le cou. Elle lui parle tout bas. Qu'est-ce qu'elle peut bien lui raconter ?

Tom prend une grande inspiration. Parfait ! Puisque c'est comme ça, il descend aussi. Il va observer la créature de plus près. Et il va prendre des notes. C'est ce que font les savants, non ?

Il attrape son sac à dos, empoigne les cordes de l'échelle et entame la descente. Quand il pose le pied par terre, l'animal tourne la tête vers lui et le dévisage de ses petits yeux brillants.

– Il est tout doux ! dit Léa. Aussi doux que Black !

– Ce n'est pas un chien, Léa, c'est un ptéranodon ! raille Tom pour cacher sa peur.

– Viens, viens le caresser !

Tom reste figé.

– Allez, viens !

Tom avance prudemment, un pas, un autre. Il tend la main. Il la passe lentement le long du cou de la créature. Il se dit : « Intéressant. La peau du ptéranodon est

recouverte d'une sorte de fine fourrure. »

– C'est doux, hein ? dit Léa.

Tom ne répond pas. Il fouille dans son sac à dos, en sort un carnet et un crayon, et il note :

Peau recouverte de fourrure.

– Qu'est-ce que tu fabriques ? s'étonne Léa.

– Je prends des notes. Nous sommes les premiers humains à voir un ptéranodon en chair et en os.

Il examine de nouveau l'animal, et remarque que la crête osseuse, au sommet de sa tête, est plus longue que son propre bras.

– Je me demande s'il possède une forme d'intelligence, dit Tom.

– Évidemment qu'il est intelligent !

– Tu parles ! Sa cervelle n'est sûrement pas plus grosse qu'un petit pois !

– Même pas vrai ! Il est très intelligent, je le sens ! Et il est gentil. Je vais l'appeler Nono.

Tom note dans son carnet :

Taille du cerveau ?

Puis il suggère :

– C'est peut-être un mutant.

Le ptéranodon remue la tête, et Léa éclate de rire :

– Il n'est pas content que tu le traites de mutant !

– Mais qu'est-ce qu'il fait ici ? Et d'ailleurs, où sommes-nous ?

– Tu sais où on est, toi, Nono ? demande

doucement Léa à l'étrange grosse bête.
Celle-ci regarde la petite fille en ouvrant
et en fermant ses mâchoires, semblables
aux lames d'une paire de ciseaux.
– Tu veux me dire quelque chose, Nono ?
– Arrête tes bêtises, grommelle Tom.
Et il écrit :

Mâchoires
en forme de ciseaux.

– Tu crois qu'on a remonté le temps,
Tom ? s'inquiète Léa. Tu crois qu'on est
à l'époque des dinosaures ?
Soudain, elle pousse un cri étranglé :
– Là ! Regarde !
Léa désigne quelque chose d'un doigt
tremblant. Tom lève les yeux : au sommet
de la colline vient d'apparaître un énorme
dinosaure !

De l'or
dans l'herbe

– Vite ! souffle Tom. On retourne dans la cabane !

Il fourre le carnet dans son sac et tire sa sœur vers l'échelle de corde.

– Au revoir, Nono, dit Léa.

– Dépêche-toi ! Grimpe !

Ils escaladent l'échelle et se laissent tomber, hors d'haleine, sur le plancher de la cabane. Dès que les battements de leurs cœurs sont un peu calmés, ils courent à la fenêtre. Sur la colline, le dinosaure broute tranquillement les fleurs d'un arbre.

– Incroyable ! murmure Tom. On est vraiment remontés très loin dans le temps !

Le dinosaure ressemble à un énorme rhinocéros à trois cornes : il en a deux longues au-dessus des yeux, et une, plus courte, sur le nez. Derrière sa tête se déploie une espèce de carapace en forme de bouclier.

– C'est un tricératops ! dit Tom.

– Ça mange les gens, les tricératops ? demande Léa d'une toute petite voix.

– On va regarder.

Tom feuillette le livre jusqu'à ce qu'il trouve la bonne image, et il lit la légende :

Les tricératops vivaient dans la dernière période du Crétacé. Ce dinosaure herbivore pesait plus de six tonnes.

Tom referme le livre d'un coup sec :
– Ça ne mange pas de viande, rien que des plantes.
– Alors, on va le voir de plus près !
– T'es pas folle ?
– Je croyais que tu voulais prendre des notes ?
Et, singeant son frère, Léa déclare :
– Nous sommes les premiers humains à voir un tricératops en chair et en os !
   Tom est bien obligé d'admettre que sa sœur a raison.
   – D'accord, soupire-t-il. On y va.
   Il fourre le livre dans son sac, met le

sac sur son dos et commence la descente.
À mi-hauteur, il s'arrête et lance :

– Tu me promets de ne pas le caresser ?

– Promis !

– De ne pas lui parler ?

– Promis !

– De ne pas...

– Oh, ça va ! Tu descends, oui ou non ?

Tom descend, et Léa le suit. Quand ils arrivent en bas de l'échelle, le ptéranodon leur lance un regard amical.

– À tout à l'heure, Nono ! dit Léa.

Et elle lui envoie un baiser.

– Suis-moi ! ordonne Tom en ouvrant la marche à travers les fougères. Et ne fais pas de bruit !

Arrivé au bas de la colline, il s'accroupit derrière un buisson. Léa s'accroupit près de lui. Au moment où elle ouvre la bouche pour parler, Tom lui pose un doigt sur les lèvres :

– Chut !

Le tricératops a la taille d'un gros camion. Pour l'instant, il se régale de fleurs de magnolia.

Tom sort discrètement son carnet de son sac et note :

Se nourrit de fleurs.

Léa lui donne un coup de coude, mais Tom n'y prend pas garde. Il continue de noter :

Mastique lentement.

Léa lui envoie un autre coup de coude. Tom se tourne vers elle. Sans un mot, elle désigne l'énorme bête. Puis elle se désigne du doigt et elle agite la main, comme pour dire au revoir.

Qu'est-ce que c'est que ce cinéma ?

Brusquement, Tom comprend : sa sœur

veut s'approcher de l'animal ! Il tend le bras pour la rattraper, mais elle est déjà partie en courant. Soudain, Tom la voit trébucher et s'affaler dans l'herbe, juste sous le nez du tricératops !

Tom n'ose pas crier. Terrifié, il chuchote :

– Reviens, Léa ! Reviens !

Trop tard ! Le dinosaure l'a vue. Il penche la tête vers elle, une fleur entre les dents.

– Euh…, bonjour, toi ! dit Léa.

– Reviens, Léa !

Cette fois, Tom a crié de toutes ses forces.
Sa sœur s'est remise sur ses pieds. Elle
l'appelle :

– Viens ! Il a l'air gentil !

– Léa ! Méfie-toi de ses cornes !

– Je t'assure qu'il est gentil !

Le tricératops regarde la petite fille. Il
mâche sa fleur, l'avale. Puis il se détourne
et s'éloigne tranquillement, de l'autre côté
de la colline.

– Au revoir ! fait Léa en agitant la main.

Puis elle se tourne vers son frère :

– J'avais encore raison !

Tom répond par un grognement. Mais il note tout de même dans son carnet :

Animal pacifique.

– Viens, dit Léa. Allons voir s'il y en a d'autres.

Au moment où Tom se relève, un éclat brillant, dans l'herbe, attire son attention. Il se penche et ramasse un objet doré. C'est un médaillon. Un médaillon en or. Une lettre est gravée sur une des faces, un grand M aux jambages élégants.

– Alors ça ! souffle Tom. Quelqu'un est passé ici avant nous !

La vallée
des dinosaures

– Léa, crie Tom, regarde ce que j'ai trouvé !
La petite fille ne répond pas. Debout sous
l'arbre, elle cueille une fleur de magnolia.
– Léa ! J'ai trouvé un médaillon !
Mais sa sœur a remarqué quelque chose,
sur l'autre versant de la colline.
– Oh ! souffle-t-elle.
– Léa !
Léa n'écoute pas. Sans lâcher sa fleur de
magnolia, elle s'élance vers la pente.
– Léa, reviens ! s'égosille Tom.
Peine perdue, Léa a disparu.

– Celle-là, rouspète Tom, je crois que je vais la tuer !

Il fourre le médaillon dans la poche de son bernuda et ramasse son sac à dos. Il entend soudain une sorte de mugissement, semblable au son grave d'un tuba, puis la voix de Léa :

– Tom ! Au secours !

Tom part ventre à terre, et il arrive hors d'haleine au sommet de la colline. Alors il pousse une exclamation : la vallée, en contrebas, est creusée de larges nids de boue. Dans les nids s'agitent de minuscules

bébés dinosaures. Léa est à genoux devant l'un des nids. Et au-dessus d'elle se dresse une créature gigantesque dotée d'un étrange bec de canard.

– Reste calme, et surtout ne fais pas un geste ! lance Tom à sa sœur.

Et il descend lentement vers elle.

L'énorme bête domine Léa de toute sa hauteur. Elle agite ses espèces de bras. Et elle pousse son terrible mugissement de tuba.

Tom n'ose plus avancer. Il s'accroupit et dit à Léa :

– Bon, recule vers moi,

maintenant. Lentement, très lentement.
Et comme la petite fille veut se relever,
il lance :

– Non ! Rampe !

Léa s'exécute en silence, sans lâcher
sa fleur. Le dinosaure à bec de canard
mugit encore et s'ébranle à sa suite.

Léa se fige.

– Ne t'arrête pas, dit Tom
dans un souffle. Allez !

Quand sa sœur
n'est plus qu'à

un mètre de distance, il se penche, tend le bras, lui agrippe la main et la tire vers lui. Il ordonne :

– Mets-toi à quatre pattes et fais semblant de brouter.

– Quoi ?

– Oui ! C'est une ruse !

Léa obéit. Les deux enfants baissent la tête et mastiquent avec application. Ça a l'air de marcher. Le grand dinosaure se calme.

– Merci, Tom, murmure la petite fille.

– Si tu te servais de ta cervelle, aussi, au lieu de te comporter comme une idiote !

grommelle son frère. Aller te planter juste devant un nid ! Tu n'as pas pensé qu'une des mères serait dans les parages, prête à protéger ses petits ?

Alors, d'un bond, Léa est debout. Elle tend sa fleur à l'énorme bête et s'écrie :

– Pardon, grosse maman ! Je ne voulais pas faire de mal à tes bébés, tu sais !

La mère dinosaure s'approche, elle happe la fleur, la déguste. Puis elle tend son bec de canard pour en avoir une autre.

– Je n'en ai plus, dit Léa. Mais il y en a plein, là-haut ! Attends, je vais t'en chercher !

Elle remonte la pente au pas de course. Le dinosaure la suit en mugissant. Tom en profite pour jeter un coup d'œil aux nids. Quelques bébés tentent de ramper

au-dehors. Tom se demande où sont pas-
sées les autres mères.

Il prend le livre dans son sac, le feuillette
rapidement. Quand il a trouvé la bonne
image, il lit la légende :

**Les anatosaures vivaient en groupes.
Tandis que quelques femelles gardaient
le nid, le reste du troupeau partait
en quête de nourriture.**

« Donc, se dit Tom, il y a sûrement d'autres
mères pas loin. »

– Tom ! Hou hou !

Léa est en haut de la colline, sous le
magnolia. Elle cueille des fleurs, qu'elle
présente à l'anatosaure dans la paume de
sa main :

– Elle est drôlement gentille, elle aussi !

Brusquement, l'animal relève la tête et
lance son terrible mugissement de tuba.

Léa se jette aussitôt à terre et fait mine de brouter. Mais la grosse bête dévale la pente, comme si quelque chose l'avait effrayée. Tom pose le livre sur son sac et rejoint sa sœur à grandes enjambées.

– Pourquoi elle s'en va, ma copine ? s'étonne Léa.

Alors, Tom reste pétrifié : un monstre gigantesque avance droit vers eux. Il marche sur ses deux énormes pattes arrière, balançant derrière lui une longue queue épaisse comme trois troncs d'arbre. Sa tête aussi est énorme, et ses mâchoires ouvertes découvrent deux terrifiantes rangées de dents.

– Un Tyrannosaurus rex ! souffle le garçon.

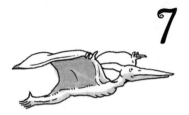

7

La folle poursuite

– À la cabane, vite ! crie Tom, épouvanté.

Les deux enfants dévalent la colline, ils foncent à travers les fougères. Le ptéranodon est toujours là, au pied de l'échelle. Ils passent devant lui sans même le regarder, empoignent les cordes et escaladent en hâte les échelons.

Quelques secondes plus tard, ils s'effondrent sur le plancher de la cabane, à bout de souffle.

Sauvés !

Léa se relève, court à la fenêtre :

– Il s'en va ! s'exclame-t-elle.

Tom rajuste ses lunettes et rejoint sa sœur.

Ouf ! Le tyrannosaure s'éloigne !

Mais brusquement, le monstre fait volte-face.

– Cache-toi ! lance Tom.

Ils s'accroupissent vivement. Au bout d'un long moment, ils se redressent et jettent un coup d'œil prudent au-dehors.

– Il est parti ! dit Tom.

– Oui, mais nous ? objecte Léa. Comment on va partir d'ici ?

– Je ne sais pas...

– Tu te souviens ? Tout à l'heure, tu as fait un vœu, et...

– Tu crois que ça marchera dans l'autre sens ?

Léa hausse les épaules :

– Tu n'as qu'à essayer !

Tom ferme les yeux, et il murmure :

– Je voudrais revenir dans le bois de Belleville !

Rien ne se passe.

– Tom, dit Léa, tu regardais une page du livre, quand c'est arrivé...

Le livre des dinosaures ! Il est sur le sac de Tom ! Et le sac de Tom est...

– Mon sac est resté dans la vallée ! Il faut que j'y retourne !

– Oh non ! crie Léa. Tant pis pour ton sac !

– D'accord, mais le livre n'est pas à nous, Léa ! Et il y a aussi mon carnet avec mes observations !

– Bon, alors dépêche-toi !

Tom redescend, passe devant le ptéranodon, traverse les fougères en courant, escalade la colline. Son sac est là, en bas, et le livre est posé dessus. Mais la vallée grouille maintenant d'anatosaures. Sans doute ont-ils accouru pour protéger leurs petits du tyrannosaure.

Tom prend une grande inspiration.

À vos marques, prêts, partez !

Il dégringole la pente, attrape le livre d'une main, le sac à dos de l'autre. Il repart en sens inverse, accompagné par un concert assourdissant : tous les anato-saures mugissent ensemble comme mille tubas jouant en même temps !

Tom fonce. Mais, au moment où il va enta-mer la descente de l'autre côté, il pile.

Le tyrannosaure est là ! Il est planté au beau milieu du chemin, juste entre Tom et la cabane dans l'arbre !

8

L'ombre
du monstre

D'un bond, Tom se dissimule derrière le tronc du magnolia. Son cœur bat si fort qu'il en perd la respiration. Au bout d'un moment, il risque un œil prudent. L'horrible créature n'a pas bougé. Ses énormes mâchoires garnies de dents plus aiguisées qu'un couteau de boucher claquent bruyamment.

Ce n'est pas le moment de paniquer ! C'est le moment de réfléchir.

Tom regarde vers la vallée. Bon. Les bêtes à bec de canard montent toujours la garde

autour de leurs nids. Et le tyrannosaure ? Bon. Il ne semble pas avoir détecté la présence de Tom.

Ne pas paniquer. Réfléchir. Y aurait-il une information utile dans le livre ?

Tom l'ouvre, le feuillette, trouve la page du tyranno-saure et lit :

Le Tyrannosaurus rex fut sûrement le plus grand carnivore de tous les temps. S'il vivait de nos jours, il avalerait un homme d'une bouchée.

Très utile, en effet. Que faire, maintenant ? Si Tom tente de se cacher dans la vallée, il sera piétiné par le troupeau d'anatosaures. S'il court vers la cabane, le tyrannosaure courra plus vite que lui. Il ne reste qu'une solution : attendre. Le monstre finira peut-être par s'en aller.

Tom jette un autre coup d'œil. Le tyrannosaure s'est rapproché. Mais Tom a eu le temps de voir autre chose : Léa ! Léa est en train de descendre l'échelle ! Elle est devenue folle, ou quoi ? Elle ne prétend tout de même pas apprivoiser un tyrannosaure !

Ça y est, Léa est par terre. Elle se penche vers le ptéranodon, elle lui parle tout bas. Elle remue les bras, et elle montre Tom, sur la colline. Elle montre le ciel, puis la cabane dans l'arbre.

Pas de doute, elle a perdu la tête !

Comme si sa sœur pouvait l'entendre, il chuchote :

– Remonte, Léa ! Remonte dans la cabane !

Soudain retentit un épouvantable rugissement. Le tyrannosaure a vu Tom ! Le tyrannosaure marche vers lui ! Tom s'aplatit dans l'herbe. Il sent la terre trembler sous les pas du monstre.

Que faire ? Courir vers la vallée ? Grimper dans le magnolia ?

Alors une grande ombre passe sur lui. Le garçon lève la tête. Une créature ailée plane au-dessus de la colline. C'est le ptéranodon. Il plonge droit vers Tom !

Un vol
fantastique

Le ptéranodon se pose et il fixe Tom de ses petits yeux brillants. Qu'est-ce qu'il attend ? Que le garçon monte sur son dos ? « Je suis trop lourd... », pense Tom.

Mais ce n'est plus le moment de réfléchir, il faut agir. Le tyrannosaure arrive au sommet de la colline. Ses énormes dents luisent dans le soleil.

Ne pas réfléchir, agir.

Tom range le livre dans son sac. Il met le sac sur son dos. Il s'installe à califourchon sur celui du ptéranodon et se cramponne

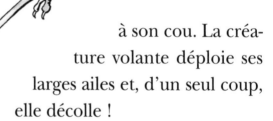

à son cou. La créa-
ture volante déploie ses
larges ailes et, d'un seul coup,
elle décolle !

Elle penche à droite, elle penche à
gauche, et Tom manque de tomber.

Puis le ptéranodon trouve son équilibre
et monte droit vers le ciel.

En bas, le tyrannosaure fait claquer ses
grandes mâchoires dans le vide. Le ptéranodon survole la vallée, où les bébés anatosaures éclosent et s'agitent dans leurs nids.

Les grands dinosaures à bec de canard s'empressent autour de leurs petits. Un peu plus loin, le tricératops broute dans une vaste prairie. C'est un spectacle incroyable !

Tom a l'impression d'être un oiseau. Le vent ébouriffe ses cheveux ; l'air est frais et chargé d'odeurs d'herbes et de fleurs. Tom éclate de rire. Il n'a jamais rien ressenti de pareil !

Le ptéranodon passe au-dessus d'une rivière, au-dessus des fougères et des buissons. Puis il se pose doucement au pied du chêne. Tom se laisse glisser à terre.

Le reptile ailé s'envole de nouveau.

Bientôt, il plane très haut dans le ciel.

– Merci, Nono ! murmure le garçon.

Du haut du chêne, Léa demande :

– Tout va bien, Tom ?

Le garçon replace ses lunettes sans répondre. Pensif, il regarde le ptéranodon disparaître au loin.

– Tom ? Ça va ?

Tom lève les yeux vers la cabane et sourit :

– Merci ! Tu m'as sauvé la vie ! Et c'était... magique ! magnifique ! fantastique !

– Allez, monte ! dit Léa.

Tom saisit les cordes de l'échelle. Il a les jambes molles, et la tête lui tourne un peu. Un cri de Léa le fait sursauter :

– Monte ! Vite ! Il revient !

Tom regarde par-dessus son épaule : le tyrannosaure fonce droit sur lui !

Sans même savoir comment il a grimpé, Tom se retrouve, hors d'haleine, à plat ventre au milieu des livres, sur le plancher de bois. Au même instant, un

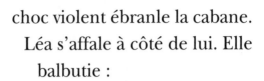

choc violent ébranle la cabane.
Léa s'affale à côté de lui. Elle
balbutie :

– Le tyrannosaure ! Il est
tellement énorme ! La
cabane va tomber !
Fais un vœu, Tom !
Dépêche-toi !

– Il me faut le livre !
Celui où il y a la photo de
notre bois ! Où est-il ?

Les deux enfants fouillent
fébrilement. Ce livre sur leur
région, ils doivent le retrouver, tout
de suite !

Un autre choc secoue la cabane.
Les parois tremblent.

Oui ! Le livre est là !

Tom le feuillette, cherchant la
photo du bois de Belleville.

La voilà !

– Je voudrais revenir à la maison ! lance-t-il.

Une brise agite les feuilles du chêne.

– Vas-y, supplie Tom, souffle plus fort !

Le vent commence à gémir, puis à hurler. La cabane se met à tourner, plus vite, encore plus vite, de plus en plus vite. La cabane tourbillonne comme une toupie folle. Tom ferme les yeux. Il s'accroche à Léa.

Et soudain, tout s'arrête, tout se calme. Tout reste parfaitement calme.

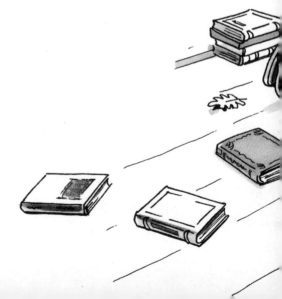

De retour
avant la nuit

Tom ouvre les yeux. À ses pieds, le livre est toujours ouvert à la page du bois de Belleville. Dehors, un oiseau chante. Tom se précipite à la fenêtre. C'est le même bois, leur bois !

– On est revenus chez nous, Léa !

Dans la belle lumière de fin d'après-midi, les feuilles brillent comme de l'or. Le soleil va bientôt se coucher.

– On a voyagé dans le temps, et le temps n'a pas passé, murmure Tom.

– Tom ! Léa ! clame une voix lointaine.

– Maman nous appelle,
dit Léa.

Les deux enfants
se penchent à
la fenêtre.

Ils aperçoivent leur mère, sur le seuil de
leur maison, là-bas, une toute petite dame
devant une maison de poupée !

Léa lui adresse un grand signe de la main
et crie :

– On est là ! On arrive !

Tom se sent encore tout étourdi. Il prend
sa sœur par le bras et demande :

– Léa, que nous est-il arrivé ?

– On a voyagé dans une cabane magique, répond Léa, comme si c'était parfaitement normal.

– Mais on dirait qu'il ne s'est pas écoulé une minute depuis notre départ !
Léa hausse les épaules.

– Et comment avons-nous été emportés si loin dans le temps ? poursuit Tom.

– Ben, tu as pris un livre, tu as fait un vœu, et, comme on était dans une cabane magique...

– Mais qui l'a construite, cette cabane ? Qui a mis tous ces livres dedans ?

– Un magicien, je suppose.

– Un magicien ? Oh, ça me rappelle... J'allais oublier !

Et Tom sort de sa poche le médaillon en or :

– Quelqu'un a perdu ça, dans la vallée des dinosaures. Regarde, il y a une lettre dessus, un M.

Léa ouvre des yeux ronds :

– Un M ? Comme Magicien ?

– Je ne sais pas. Ça prouve seulement que quelqu'un est allé là-bas avant nous.

– Tom ! Léa ! crie de nouveau la voix au loin.

– On arrive, maman ! répond Léa.

Tom replace le médaillon au fond de sa poche. Il sort le livre sur les dinosaures de son sac et le dépose au milieu des autres livres. Puis il jette un dernier regard autour de lui.

– Au revoir, cabane, dit Léa.

Tom met son sac sur son dos et il se dirige vers la trappe.

Ils arrivent en bas de l'échelle ; ils reprennent le chemin dans les bois.

– Personne ne voudra croire à notre histoire, murmure Tom.

– On n'est pas obligés de la raconter, déclare Léa.

– Papa dirait qu'on a rêvé, reprend Tom.

– Maman dirait qu'on a trop d'imagination, continue Léa.

– Mon maître dirait que je raconte n'importe quoi, renchérit Tom.

– On n'est pas obligés de la raconter, répète Léa.

Tom soupire, et il ajoute :

– Je ne suis même pas sûr
d'y croire moi-même !

Ils sortent du bois. Ils
arrivent dans leur rue,
ils passent devant
les maisons des
voisins, avec

leurs pelouses bien tondues, leurs haies bien taillées. Le voyage au pays des dinosaures n'était-il pas un rêve ?

Tom enfonce la main dans sa poche pour tâter le médaillon. Il sent sous ses doigts la lettre gravée, le mystérieux M. Il se met à rire. Il se sent soudain tellement joyeux !

Il est incapable d'expliquer ce qui leur est arrivé, aujourd'hui. Mais il est sûr qu'il n'a pas rêvé, que leur aventure était réelle.

– Demain, décide Tom, on retournera dans les bois.

– Sûr ! approuve Léa.

– Et on montera dans la cabane.

– Sûr !

– Et on verra bien ce qui se passera !

– Sûr, on verra ! On fait la course jusqu'à la maison ?

Et ils s'élancent tous les deux en riant.

À suivre...

Collectionne tes *indices*

Découvre qui est le mystérieux propriétaire
de la Cabane magique en complétant cette page
à chaque aventure de Tom et Léa.

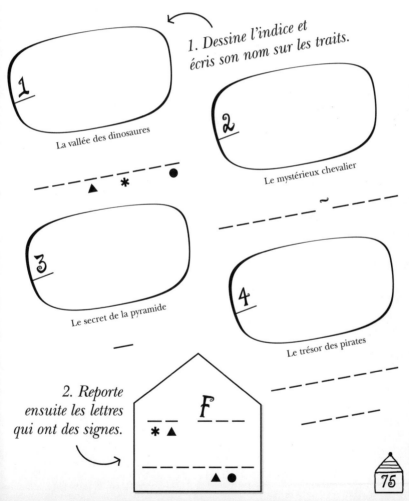

1. Dessine l'indice et
écris son nom sur les traits.

1

La vallée des dinosaures

2

Le mystérieux chevalier

3

Le secret de la pyramide

4

Le trésor des pirates

2. Reporte
ensuite les lettres
qui ont des signes.

F

Découvre vite la suite
des aventures de Tom et Léa dans
Le mystérieux chevalier.

La Cabane magique

propulse
Tom et Léa
au Moyen Âge

★ 4 ★
Une fête au château

– Je vais la tuer ! grommelle Tom.

Il remet le livre et le carnet dans son sac. Il éteint la lampe et se dirige vers le pont-levis. Il fait de plus en plus sombre. Pas de doute, ici, c'est le soir !

Tom s'engage prudemment sur le pont-levis. Les planches craquent sous ses pas. Pourvu que personne ne l'entende !

Il se penche pour regarder les eaux noires des douves, au-dessous de lui. Est-ce profond ? Il ne saurait le dire.

– Qui va là ? crie soudain quelqu'un du haut du rempart.

Un garde l'a repéré ! Tom s'élance, franchit le portail, se glisse dans un coin et se tapit dans l'obscurité. Mais où est Léa ?

Des torches éclairent vaguement une grande cour. Deux jeunes garçons passent, menant des chevaux par la bride.

– Hiiiiiiiiiiiiiii !

Ce cheval noir, Tom le reconnaît ! C'est celui du mystérieux chevalier !

– Pssssst !

Tom avance un peu la tête.

★ ★ ★ ★ ★ ★ ★ ★ ★ ★

Léa est là, blottie derrière un puits, au centre de la cour. Tom attend que les garçons d'écurie se soient éloignés, puis il fonce vers le puits.

Des lueurs dansent derrière les étroites fenêtres d'un bâtiment. On entend des éclats de voix, de la musique et des rires.

– Il y a une fête, là-bas, chuchote Léa. On va voir ?

– D'accord, soupire Tom. Mais soyons prudents !

Sur la pointe des pieds, ils traversent la cour pavée, gravissent quelques marches et entrent dans le château. Au bout d'un corridor, une porte s'ouvre sur une salle pleine de lumière.

– Le seigneur donne un festin dans la grande salle du château, murmure Tom. J'ai lu ça dans le livre, tout à l'heure.

– Viens, on va voir ! s'impatiente Léa.

Ils s'approchent avec précaution et jettent un coup d'œil par l'ouverture.

La salle est immense. Au fond, un feu brûle dans une énorme cheminée. Des tapisseries recouvrent les murs. De nombreux convives sont assis devant de longues tables couvertes de plats de viande et de coupes de fruits. Les hommes portent des tuniques bordées de fourrure, et les femmes sont coiffées de hauts chapeaux en forme de cornes ou d'ailes de papillons. Dans un coin, des musiciens jouent en pinçant les cordes de drôles d'instruments ressemblant un peu à des guitares. Au centre de la salle, des saltimbanques jonglent avec des balles et des torches enflammées.

– Je me demande si le chevalier est là, murmure Tom.

– Je ne le vois pas, dit Léa.

– Oh ! Ils mangent avec leurs doigts !

Une sonnerie de trompettes éclate. Elle annonce l'arrivée de serviteurs chargés de plateaux.

– Ça alors ! s'exclame Léa. Ils apportent un cochon entier ! Et même un cygne avec ses plumes !

À cet instant, une voix courroucée les interpelle :

– Qu'est-ce que vous faites là, garnements ?

Tom se retourne. Un homme les fixe d'un regard soupçonneux.

– Vite, Léa ! lâche Tom. On file !

Les deux enfants galopent à toutes jambes le long du sombre corridor.

**Tom et Léa réussiront-ils
à sortir du château fort ?**

**Trouveront-ils
un nouvel indice
sur le propriétaire de la cabane ?**

★ ★ ★ ★ ★ ★ ★ ★ ★ ★

Si tu as envie de nous donner
tes impressions sur la série
ou nous parler de tes propres voyages,
réels ou imaginaires,
n'hésite pas à nous écrire !

Bayard Éditions
Série Cabane Magique
18, rue Barbès
92128 Montrouge Cedex

N'oublie pas d'écrire
ton nom et ton adresse sur la lettre !